KB116671

자전거를 못 타는 아이

자전거를 못 타는 아이

장자크 상페 글·그림 l 최영선 옮김

이 책은 실로 꿰매어 제본하는 정통적인 사철 방식으로 만들어졌습니다.
사철 방식으로 제본된 책은 오랫동안 보관해도 손상되지 않습니다.

마르끄 르까르빵띠에에게 이 책을 바친다.

〈라울 따뷔랭 자전거포〉

만약에 자전거의 변속이나 토 클립(페달에 달린 발 끼우개), 베어링, 체인 스프로킷(톱니바퀴), 튜브, 공기 타이어, 세미 타이어 또는 관 모양의 경주용 타이어 등등에 정통한 사람이 있다면, 그건 분명 생 세롱의 자전거포 주인 라울 따뷔랭일 것이다.

갖은 삐걱거림,

온갖 새는 소리들,

가장 고치기 까다로운 고장들,

이제 남은 거라고는 그 놈밖에
없다우. 이번 겨울에
재봉틀을 잃었지 뭐유.
그래 봐두 그게 싱거 미싱
이었는데…

매우 세심한 손질 등등, 라울 따뷔랭의 실력에 대해서는 흠을 잡으려야 잡을 구석이 없었다.
그의 명성이 어찌나 자자했던지 이 지역에서는 이제 자전거라는 말을 더 이상 쓰지 않고, '따
뷔랭'이라는 말로 대신하게 되었다.

그는 그 점에 대해 제법 자부심을 가지고 있었다. 왜냐하면 이 지역에서 이렇게 마을 사람들이
수여한 벼슬자리를 지니고 있던 사람은 따뷔랭 외에는 단 두 사람밖에 없기 때문이었다.

햄 제조의 귀재 오귀스뜨 프로냐르.

〈프레데릭 비파이유 안경점〉

그리고 안경점을 경영하는 프레데릭 비파이유.
근시와 원시, 사시, 난시를 교정하는 그의 굳센 의지는 그로 하여금 '비파이유'를 판매하는 영
광을 누릴 수 있게 하였다.

그런데, 라울 따뷔랭을 우울하게 만들었던 것은, 프로냐르의 창조자 오귀스뜨가 기분 좋게 '프로냐르'를 즐겨 먹고,

비파이유의 창조자 프레데릭이 보란 듯이 자랑스럽게 '비파이유'를 끼고 다니는 반면,

(그로 인해, 외지에서 온 사람들을 어리둥절하게 할, 그런 대화들이 오가곤 했다)

따뷔랭의 창조자 라울 따뷔랭 자신은 그 명성에 걸맞게 살고 있지 못하다는 거였다.

본연의 그 자신과 드러나는 겉모양 사이에 잘못 분배된 무게가, 그런대로 균형 잡힌 이 사람의 마음을 흔들고 있었다. 그것은 비밀의 무게이기도 했다. 너무 엄청나서 그 누구도 짐작조차 못 할 비밀. 그것은 그가 자전거 타는 법을 모른다는 것이었다. 그러니까 그는 '따뷔랭'을 탈 줄 몰랐다.

어려서는 따뷔랭도 다른 아이들처럼 세발자전거나, 균형을 유지하도록 뒷바퀴에 작은 보조 바퀴 두 개를 더 단 자전거를 탔다.

나는
손 놓고 탄다!

특별한 묘기를 보여 주진 못했지만, 그의 거동은 그래도 웬만은 했다.
그러나 운동을 좋아하는 또래 아이들이 잽싸게 이 꼴불견의 조그만 보조 바퀴들을 내던지고
순수한 자유와 균형의 기쁨을 만끽하는 순간,

라울 따뷔랭 자신은 원심력과 만유인력, 그리고 중력의 법칙과 같은 신비로운 힘들을 다루는
데 지독한 어려움을 겪었다.

그런데 그런 사실이 더욱더 놀라운 이유는, 어린 시절의 라울 따뷔랭은 정말 자연스럽게 물구나무서서 걷거나 자유자재로 앞뒤 공중제비를 넘어서 꼬맹이 친구들로 하여금 감탄을 자아내게 하곤 했다는 사실 때문이다.

어쨌든 그는 많은 것을 터득했다. 이를테면 혼자서 붕대를 감는 기술 — 그는 가방에다 늘 일회용 반창고, 거즈, 머큐로크롬 등을 넣고 다녔다 — 과, 극미한 진동 혹은 어떤 작은 기미만으로도 다소 우스꽝스러운 그의 노력을 목격할 사람이 나타날 것을 감지하는 기술, 그리고 오불관언(吾不關焉: 나는 그 일에 상관하지 아니함)의 경지에 달하는 기술 등을 말이다.

감추는 기술이 아니라, 오불관언의 경지에 달하는 기술. 즉 집에 돌아갈 때면 그는 정성스럽게 바퀴의 바람을 빼곤 (혹은 자전거 핸들의 나사를 풀거나, 아니면 그 밖의 모든 기술적 결함들을 일부러 만들곤) 했다. 그가 감고 다니는 붕대 때문에 사람들은 라울이, 일상적인 것에 권태를 느낀 나머지 자신들이 속속들이 알고 있는 종목에 변화를 주면서, 위험천만한 곡예에 몸을 내맡기는 스포츠맨의 부류에 속한다고 생각했다.

요즈음처럼 자동차들로 빽빽하지 않았던 골목이나 한길에서 따뷔랭은 다양한 시도를 해보았지만, 그 불굴의 의지에도 불구하고 끝내 자전거 위에서 균형을 유지하는 법을 터득하지는 못했다.

반소매 남방 주머니에 빗을 하나씩 꽂고, 칠푼 바지(당시, 아동용 반바지와 성인용 긴 바지의
과도기적 역할을 하였던)를 입고 다니는 나이가 되자,

라울 따뷔랭, 그 역시 반소매 남방 주머니에 빗을 하나 꽂고 골프 바지를 입었다.
자전거 위에 앉아 버티지 못하는 사정은 마찬가지였지만, 대신 높은 데서 굴러떨어질 때 충격
을 덜 받기 위해 보다 사뿐히 재주를 넘어 보이는 묘기라거나, 측면 활공의 절제된 모습 등은
따뷔랭이 굴러떨어지는 데 있어서는 완벽에 가까운 비법을 지니고 있음을 보여 주었다.

뿐만 아니라 그는 기계에도 일가견이 있었다.

왜냐하면, 따뷔랭은 자신의 실패의 비밀을 밝혀 내보려는 희망을 가지고 자전거의 모든 부품 (안장에서부터 베어링에 이르기까지)들을 방법론적으로, 줄기차게 연구했기 때문이었다. 그러자 사람들은 그에게 수리를 맡기기 시작했다.

그리고 아주 자연스럽게도, 학업을 마치기가 무섭게 따뷔랭은,

포르똥 영감의 가게에서 수습을 시작했다. 영감은 기계 만지는 것보다는 낚시를 더 좋아했기에 가게를 아예 따뷔랭에게 맡겨 버렸다. 오불관언의 경지에 달하는 비법을 가진 따뷔랭은 자연스레 남을 웃게 하는 재주도 겸비하게 되었다. (이 때문에 이런저런 일들을 숨길 수 있었던 것이지만.) 사람들은 따뷔랭을 꽤나 좋아하였다. 남들이 스스로가 색맹이라는 사실을 받아들이듯이 따뷔랭도 자기가 두 개의 바퀴 위에서 균형을 유지하는 능력이 없다는 사실을 받아들였다.

그런가 하면, 일요일이 되어 자전거를 타고 근처의 무도회장으로 갈 때면 따뷔랭은 균형을 보
장함은 물론, 좌중의 흥을 돋우는 사람으로서의 명성도 보장해 줄 자전거를 만들어 타곤 했다.

그는 사람들을 웃기는 것을 좋아했고 사람들도 웃기는 그를 좋아했다.

재미있는 사람으로 알려진 따뷔렝은 그 명성으로 인해 한 가지 사실을 깨닫게 되었다. 다름이 아니라, 하루해가 저물 녘이면 대부분의 남녀가 자연스럽게 짝을 이룬다는 것이었다.

사람들이 웃기는 사람들을 정말 피하는 것은 아니다. 단지, 호젓한 어스름이 주는 무게를 갑자기 깨버릴까 두려워, 웃기는 사람들로부터 약간의 거리를 둘 뿐.

자신에게도 가슴이 있으며 이 가슴에는 영혼이 살아 있다는 것, 그리고 이 영혼이 때로는 남과 함께 나누고픈 비밀들을 간직하고 있다는 것을 내놓고 말하고 싶어지는, 과하게 낭만적인 사람들이 자주 겪는 유혹을 따뷔랭도 느끼곤 했다.

포르똥 영감님의 딸인 조시안(조샨이 아니라 조'시'안이라고 그녀는 강조했다)이 거의 매일 저녁 그를 찾아왔다. 브레이크를 더 조여야 한다거나, 연장주머니를 갈아야 한다거나 한쪽 바퀴에 바람을 더 넣어야 한다거나 뭐 그런 일들로. 어쨌건, 조시안은 거의 매일 저녁 왔다. 그녀는 이렇게 말하곤 했다.

"당신은 저를 얼마나 웃기시는지 몰라요, 라울."

어느 날 저녁, 한낮의 태양이 그 힘을 잃어 가고 있을 때쯤, 호젓한 어스름을 이용해 따뷔랭은 진지하게 그녀에게 말을 건넸다.

"저어, 조시안, 괜찮을지 모르지만, 드, 드리고 싶은 말씀이 있는데요……."

"괜찮고말고요, 라울."

"그게, 말씀 드리기가 워낙 어려운 거라서요. 그렇지만, 이 말씀은 오직 당신께만 드리고 싶습니다."

"어서 말씀하세요. 라울."

"세상에는 고백하기가 너무나 어려운 것들이 있지요."

"그러나 누구에게 고백하느냐에 따라 다르지 않겠어요?"

그는 조시안이 그에게 기꺼이 내맡긴 손을 잡았다.

"그럴 수만 있다면, 당신께 제 생전 아무에게도 해본 적이 없는 말씀을 드리고 싶습니다. 이로써 우리 사이는 더욱 가까워지고 당신도 저를 더 신뢰할 수 있게 될 거예요."

"저는 당신이 좋은 사람이라는 것을 알고 있고, 당신을 아주 가깝게 느끼고 있어요."

그는 그녀의 손을 꼭 쥐었다. 그녀도 따뷔랭의 손을 꼭 쥐었다.

"자, 어서요……."

"좋습니다……. 저…… 저는…… 자전거를 탈 줄 모릅니다."

그러자 매사에 농담을 하는 버릇이 있는 따뷔랭이 자신을 놀리는 것이 분명하다고 생각한 조시안은 머리끝까지 화가 나서, 마치 허친슨 안장의 용수철에 튕겨 나가듯, 벌떡 일어나 나가 버렸다. 따뷔랭은 이날 저녁 다시 한번 여러 가지를 깨닫게 되었다. 젊은 여자란, 방식은 다르지만 캄피오니시모 자전거 변속 장치보다 훨씬 복잡하다는 것과, 비밀스러운 이야기들을 털어놓는 데에는 언제나 위험이 따른다는 것, 그리고 상황에 따라서는 비밀 이야기들이 진지하게 받아들여지지 않을 수도 있다는 사실을 말이다.

생 세롱과 그 이웃 마을은 프랑스 전국 사이클 경주 구간에 속해 있었다.

이 지역 출신 청년 소뵈르 빌롱그가 한 주행 구간에서 우승을 차지했다.

도착점 2백 미터를 앞두고 모든 선수가 넘어진 불상사를 그만은 기적적으로 모면하면서 말이
다. 어쨌건 그의 우승이었다. 하기야 그의 자전거를 준비했던 사람이 바로 라울 따뷔렝이 아니었
던가.

남은 경주 구간은 확실히 빌롱그에게 전만큼 호의적이지 않았다.

그는 시합 도중 기권을 했다. 그러나 그는 라디오에도 나왔다!

그다음 주 토요일 소뵈르 빌롱그가 생 세롱의 시립 수영장에 다시 나타났다. 운동복 자국이 선명한 영광의 흔적들을 보라는 듯 뽐내며. 그때 라울 따뷔랭은 일광욕을 하다가 발견한 조시안을 홀딱 반하게 할 만한 천사의 도약을 연출하려고 다이빙대 위에 서 있었다.

따뷔랭이 도약을 위해 예비 동작을 하려는 순간, 자전거 챔피언의 갑작스러운 등장과 그로 인한 정적으로, 따뷔랭은 뒤를 돌아보다가 그만 다이빙대에서 잘못 떨어지는 바람에 몸을 고약하게 겹질렸다. 그로부터 3개월 뒤 빌롱그는 조시안과 결혼했다. 그 이듬해에 따뷔랭은 그의 부상을 용하게 잘 치료해 준 젊은 간호사와 결혼했다.

포르똥 영감님은 낚시 쪽으로 마음을 완전히 굳히고 가게의 경영권을 라울 따뷔랭에게 넘겨
버렸다. 따뷔랭은 잘 다린 푸른 작업복이 좋았고, 훌륭한 간호사이자 집에서는 좋은 아내인 마
들렌이 준비해 주는 도시락이 좋았다. 마들렌은 남편이 걸어서 출근하는 것을 자기를 사랑하
는 증거로 여겼다(그녀는 자동차 교통량의 증가로 인해 자전거 사고가 증가한다는 사실에 말
할 수 없이 불안해하던 터였다). 따뷔랭은 갓 구운 빵을 좋아해서, 돌아오는 길에 빵을 사오곤
했다. 존재론적인 근심들과 형이상학적인 불안을 잠시 논외로 하자면, 따뷔랭은 행복했다고
말할 수 있을 것이다.

어느 날 아침, 따뷔랭이 초등학교 시절 그를 가르쳤던 여자 선생님 소유의, 구멍이 숭숭 난 타이어 튜브에 바람을 넣고 있는데, 어떤 낯선 손님이 한 손에 변속 장치 손잡이와 끊어진 케이블을 들고 나타났다. '골칫거리가 생겼어요'라고 그는 말했다. 호감 가는 인상이었다.
따뷔랭은 재빨리 그의 문제를 해결해 주었다. 그가 바로 에르베 피구뇨였다.

에르베 피구뉴는 사진사였다. 바로 얼마 전 그는 광장 시장 아케이드 아래 사진관을 차렸다.

그는 다음과 같이 빼어난 인물 사진들을
단숨에 만들어 냈다.
꽃을 좋아하는 이렌 사프랑 르게,

책을 좋아하는
랑뜨봉 선생님,

그리고 개를 좋아하는
렌 까무아농.

매사가 다 그렇다. 이렇게 조금씩 조금씩 이뤄지는 법. 따뷔랭과 피구뉴는 친구가 되었다.
6시경이면 예술가 양반은 수두룩한 주머니마다 메모지며 필름 통이며 잡동사니로 가득 채우
고 기술자 양반 집에 도착했다. 그들은 잡담을 즐기기도 하고, 때로는 보다 근본적인 문제를 논
하기도 하였다.

따뷔랭은 이러한 우정에 가슴이 뿌듯했다. 어쨌거나 자신의 삶은 만족할 만한 것이라고 내심 흡족해 하기도 했다. 마들렌은 매력적인 아내였고, 그에게 예쁘고 공부도 잘하는 두 아이를 안겨 주었으며, 직업적으로도 인정을 받고 있었다.

그의 벗 에르베 피구뇨도 더없이 멋진 친구로, 그 역시 대단한 명성을 누리고 있었다. 왜냐하면,

이제 사람들은 더 이상 사진을 '사진'이라고 하지 않고, '피구뉴'라고 했던 것이다.

내 생각엔 참 좋을 것 같은데요,
사진 말이에요. 하늘거리는
바퀴가 달린 자전거에 올라,
언덕 높은 곳에서부터 전속력으로
내닫는 당신 모습. 바람 속에서.
아닌 게 아니라 바람이 좀
있어야 할 거예요. 아니면,
그렇지! 비가 좀 와야지
물그림자가 어리게끔...

그러나 결국 일이 생겼다. 비바람까지 몰아치던 어느 저녁(자전거의 벨이며 핸들, 페달, 양철 통, 바퀴살 위로 콩 튀듯 하는 벼락도 따뷔랭에게 그다지 깊은 인상을 주지 못했던), 피구뉴가 기술자 양반에게 '따뷔랭' 타는 모습을 사진으로 찍자고 제의를 했던 것이다.

그는 이 장면을 연출하는 데 자신을 매료시킨 이상적인 장소를 담은 사진 한 장을 내밀었다. 아리드 언덕이었다. 작고 험한 길이 나 있는데 아래쪽에 가파른 절벽이 있어, 가시가 무성하고 기친 식물들로 덮인 밭들이 있는 위쪽이 잘 보였다. 이미 분명히 말했다시피, 예술가 양반은 비가 왔으면 했다. 자기 자전거를 타고 있는 이 남자의 물그림자가 주는 아름다운 효과를 얻고 싶었던 것이다. 인간 존재의 자유, 그의 정교한 솜씨(우선, 기술적인 측면)와 용감무쌍함(저 야성적인 풍경을 보라)은, 피구뉴가 서정성을 가미하여 자기의 친구에게 불어넣고자 하는 일종의 상징을 잘 표현할 것이 분명했다.

따뷔랭은 마들렌에게 자전거를 타지 않겠다고 했던 묵시적인 약속을 핑계로 삼았다.

마들렌은 그 말에 발끈했다. 그녀는 피구뉴의 사진을 아주 좋아할 뿐 아니라, 비파이유 부인 같은 악처로 취급받고 싶지 않았다. 비파이유 부인은 남편이 여자 손님들에게 '예쁜 눈을 가지셨군요'라는 말을 지나치게 자주, 그리고 너무 힘주어 말했다는 이유로 가게의 관리를 남의 손에 맡기라고 강요했다.

또는 돼지고기 가공품의 콜레스테롤 함유량에 놀란 나머지 남편에게 생선 요리 외에는 절대
해주지 않는 프로냐르 부인과 같은 취급을 받기도 싫었다. 게다가 마들렌은, 사진을 찍기 위해
물색해 놓은 장소에는 생전 자동차 한 대도 지나다니지 않는다고까지 했다.

따뷔랭은 성격이 날카로워졌다. 신경도 곤두서 있었다.

두 번인가 세 번은 등인가 핸들인가를 거꾸로 달아 놓기도 했다. 마들렌은 사진사 편을 들어 가며 부추겼다.

"바람이라도 좀 쐐야 한다니까요. 저 양반, 너무 과로했어요."

그녀만의 라울이 '따뷔랭'을 탄 모습을 찍은 인물 사진이 보고 싶어 조바심이 났던 것이다.

피구뉴는 기발한 묘수를 둔답시고, 절묘한 마들렌의 인물 사진을 완성했다.

그 사진에 황홀헤진 나머지 마들렌은,

"병실의 차가움과 초목의 부드러움이 이루는 대비 속에서 은은히 발산되는 이 상징은 말이죠……" 하고 몇 번이나 말을 하는데, 거기에다 대고 따뷔랭은 "상징 같은 소리 하고 있네!" 하고 퍼부어 댔다. 이것은 결혼 후 8년 만의 첫 말다툼이었다.

마들렌은 며칠 동안 남편에게 말도 건네지 않았다.

하루는 — 일요일이었다 — 마들렌이 그에게 다짜고짜 이렇게 말하는 것이었다.

"이 가방에 도시락이 준비되어 있어요. 가서 자전거 한 대 끌고 나와요. 10시에 피구뉴가 당신을 데리러 들를 거예요. 바람 좀 쐬고 오세요. 당신 요사이, 같이 살기 정말 고약해졌어요."

사진사가 10시 10분 전에 도착했다. 그는 기쁨에 들떠 있었다.

따뷔랭은 몸을 풀자는 구실로 좀 걷자고 제안했다. 피구뉴도 좋다고 했다.

사실 그는 뭐든 좋다고 할 태세였다. 그가 받아들일 수 없는 단 한 가지 경우가 있다면 그것은
이 기술자 양반이 20년 동안 끌고 다닌 그 유명한 세발자전거를 타고 사진을 찍자고 하는 것뿐
이었다. 예술가 양반은 자기가 원하는 것은 코믹한 것이 아니라 '아름다운' 것이라고 했다.

따뷔랭은 뭐라도 좋으니 어떤 변이 일어나기를 바라며 굼벵이 걸음을 걸었다.
이를테면 이 세상을 끝장낼 대홍수라거나 거대한 메뚜기들의 습격, 이 세상의 종말을 초래할
안개 같은 것들 말이다. 그는 피구뉴를 혐오했고, 필름으로 가득한, 주렁주렁 달린 그의 주머니
들을 혐오했다. 때때로 그는 어기적어기적거렸는데,

걷는 걸
대단히 좋아
하시는군요.
'따뷔랭'을 타고
가면 어떨까요?

그것은 사진사를 피곤하게 하려는 의도였으나 실제로는 더욱 잰걸음으로 걸어야 하는 결과를 가져올 뿐이었다. 그는 사진사를 처음 만났던 날 차라리 다리가 하나 부러졌더라면 더 낫지 않았을까 하고 혼잣말을 해보았다. 똑같은 일이 조금 있으면 일어날지도 모른다는 사실도 그의 불편한 심사를 그다지 진정시켜 주지 못했다.

생전 술을 입에도 안 대던 그가, 소풍 가방 속에 넣어 온 묵직한 병 포도주를 벌컥벌컥 마셔 댔
다. 그러자 저조하던 그의 기분이 몽롱해졌다.

따뷔랭은 낮잠을 달게 잤다. 그는 이 모든 게 악몽에 불과할 뿐이라는 내용의 꿈까지 꾸었다. 피구뉴는 기다렸다. 햇빛은 그 기세가 한풀 꺾여 가고 있었다. 그는 잠자는 시늉을 하고 있는 따뷔랭을 깨웠다.

술기운 때문에 아직 몽롱한 정신으로, 따뷔랭은 어떻게 그랬는지도 확실히 모르는 사이에 아리드 언덕 위에 올라서 있었다. 아래쪽에 있던 피구뉴는 영 심사가 나빴다. 따뷔랭을 그렇게 늑장부리게 놔두지 않았다면 그토록 소원하던 물그림자를 얻을 수 있었을 텐데 하는 생각 때문이었다. 바로 그날 오전에 비가 오지 않았던가. 그러나 이미 너무 늦고 말았다.

그는 따뷔랭에게 소리쳤다.

"자 이제 달려 봐요!" 그러자 따뷔랭이 말했다. "어디를요?" 그러고서 그는 꺼벙하게 웃기 시작했다. 막다른 골목에 이른 심정으로 그는 이렇게까지 말했다.

"나, 자전거 탈 줄 몰라요!" 점점 더 화가 난 피구뉴는 그에게 소리쳤다.

"그 농담 되게 웃기네요! 그러나저러나 뭘 걱정하고 그래요? 간호사와 결혼까지 한 양반이!"

그리고, 마침내 자기가 무슨 짓을 하는지 확실히 알지도 못한 채, 따뷔랭은 자전거에 올라탔다.

그는 브레이크를 꽉 쥐었다. 이상한 빛이 구름 사이로 새어 들었다. 그는 생각했다.

'운도 지지리도 없지, 얼마 안 가서 비가 오겠어.'

피구뉴가 그에게 소리쳤다.

"자 어서요! 곧 비가 오겠어요!"

그는 브레이크를 늦췄다.

무모한 사이클 주자, 광적인 묘기를 선보이다

무모한 용기　　　　관대한 이타심　　　　보상은 누가?
알랭 드 생 로끄　　마르끄 르 크라프　　로베르 뒬라끄

모든 사람들이 프랑스는 물론 외국 언론에 커다랗게 실린 그 사진을 기억한다.

따뷔랭은 석 달을 누워 있었다. 우선, 여기저기 입은 골절상. 다리, 빗장뼈, 왼팔(그는 왼쪽으로 착지를 하였다), 그리고 도처의 반상 출혈들. 그의 '따뷔랭'은 더 이상 사용이 불가능했다. 밤이면 이 악몽의 일요일이 그에게 되살아나곤 했다.

언덕 중턱에 있는 피구뉴가 다시 보였다. 눈을 사진기에 고정시키고 있는. 심지어는 바로 그 순간에 중얼거렸던 것과 똑같은 말을 아주 큰소리로 다시 외칠 때도 있었다.
"난, 안 넘어진다!"

겁에 질린 피구뉴를 피하기 위해
격렬하게 발을 움직였던 순간도
생생하게 되살아났다.

이 발동작 때문에 그는
도로의 경사면 위로 튕겨 나갔다.
그때 그가 했던 생각이 되살아났다.
"스웨덴제 경주용 타이어는
참 굉장하군. 아직도 안 터졌잖아."

그러고 나서 그는 가슴 부분이 아주 휑하니 비는 느낌을 받았다. 마치 처음 다이빙대에서 뛰어 내렸을 때처럼. 그는 프로몽뚜아르(곶)라고 부르는 이 작은 고원 위에 어리는 그림자, 바로 자신의 그림자를 똑똑히 보았다. 그는 6학년 때 같은 반 친구들하고 지리 선생님을 따라서 딱 한번 여기에 와 본 적이 있었다. 그때 선생님께서는 가장자리에 가까이 가지 말라고 학생들에게 주의를 주셨다. 따뷔랭은 생각했다. "이번에는 꾸중을 듣겠는걸!"

마들렌은 놀라우리만큼 좋은 방향으로 상황을 해석했다. 친구로 지내는 한 심리학자는 마들렌에게, 격한 운동이 습관이 된 일부 남성들은 일정한 연령에 다다르면 마지막으로 한 번, 평소의 실력을 능가해 보고 싶다는 강렬한 욕망에 사로잡힌다고 설명해 주었다.

그러니 그런 사람들을 아량으로 이해해 주는 수밖에 없다는 것이었다. 그것은 오히려 건강에 좋은 일이라고까지 했다. 이 최후의 쾌거는 이들에게 우울증이라는 통과 의례를 생략하고도 자신들의 신체적 노쇠를 받아들일 수 있도록 해준다는 것이었다. 마들렌은 텔레비전 인터뷰에서 이 말을 토씨 하나 틀리지 않게 그대로 옮겼다. 당시는 텔레비전이 막 보급되기 시작하던 때였다. 사람들은 마들렌에게 용감한 작은 간호사라는 별명을 지어 주었다. 그녀에게 온정이 담긴 많은 편지가 도착했다.

그해 생 세롱의 겨울은 혹독했다. 그러나 주변의 성화에 못 이긴 피구뉴는 그 역사적인 일요일의 일화로 사람들의 마음을 따뜻하게 해주었다. 사방에서 이미 진부해진 그 유명한 이야기를 들려 달라고 주문을 하는 바람에 그는 몇 차례나 목청을 뽑아야 했는지 모른다. 어떤 출판 편집자는 피구뉴가 찍은 생 세롱 주민들의 인물 사진을 묶어 사진집을 낼 계획을 하고 있었다. 물론 그 유명한 사진을 표지에 싣고서. 피구뉴는 매일 따뷔랭을 방문했다. 그의 상태는 예상보다 빨리 호전되었다.

봄이 되자 '프랑스의 어느 작은 마을'이라는 겸손한 제목을 단 예의 사진집과 병원에 있던 따뷔랭이 동시에 나왔다. 한번 골절을 당해 본 팔다리가 더욱 튼튼해지듯이, 따뷔랭과 피구뉴의 우정도 더욱 돈독해졌다. 그러나, 그것은 겉모습일 뿐이었다.

무의식과 오만, 영웅 심리가 밑바탕에 깔린 이 영광이 기술자 양반에게는 영 거북했기 때문이다. 따뷔랭은 인터뷰를 완강히 거절했다. 물론 모욕감 때문이었지만 진실을 털어놓을까 봐 두려워서이기도 했다. 사람들은 그의 말을 믿지도 않을뿐더러 애교가 지나쳐 허풍이라고까지 생각할 것이었고, 뭐니 뭐니 해도 피구뉴와 마들렌, 나아가 생 세롱의 신용까지도 손상될 것이 뻔했다. 따뷔랭은 속으로 이 모든 것이 다 사기라고 반복해 말했다. 본의는 아니었지만, 어쨌건 사기는 사기인 것이다.

어느 날 저녁 따뷔랭은 사진사 — 그는 전시회를 준비하고 있었다 — 의 스튜디오에서 사진집을 들춰 보며 소시지로 간단한 식사를 하고 있었다. 따뷔랭은 현대판 이카로스인 양 괴상한 짓을 하고 있는 자신을 담아 낸 그 사진이, 빵집 여주인 이본이나 식료품상 꾸아뇽 같은 이들의 사진과 이루는 대조에 다시 한번 소스라치게 놀랐다. 다른 이들은 모두 부드럽고 평온한 조명 아래 조용하고 절제되고 겸손해 보였다. 따뷔랭은 시선을 끄는 사진이 표지를 장식할 필요가 있다는 것은 물론 인정했지만, 자신과 관련된 일이기에 더 이상 입을 다물고만 있을 수는 없었다. 그는 덤벼들다시피 했다. 꼭 아리드 언덕에서 떨어질 때처럼 그렇게.

"잠깐만, 피구뇨, 우리의 우정을 걸고 말하지만, 이 표지는 말이지요, 그러니까, 사, 내가 말을 하지요. 이건, 일종의 사기예요……."

"당신 말씀이 아주 틀리지는 않아요." 영상의 사냥꾼이 말을 가로막았다.

"당신에게 진실을 말해야겠어요. 이건 내 인생의 비극이랍니다."

"따뷔랭 씨도 이제 나의 개인적인 비극을 다 이해하게 되실 겁니다. 이 사진 아시지요? (따뷔랭은 부인할 틈도 없었다.) 아시다시피 이것은 로베르 두아노의 사진입니다. 여기저기 많이 복제되었지요. 프랑스가 영국에 졌던 채무를 해결하러 부인과 함께 프랑스를 방문했던 영국 총리 기억나시죠? 총리가 도착하던 날, 트랩에서 미끄러진 빨간 양탄자와 그 바람에 손목이 부러진 총리. 거기에 나도 있었습니다, 나도 말이에요……."

"그런데, 내가 찍은 사진은 이래요. 기술적으로야 내 사진은 완벽하지요. 시커먼 공무원들의
무리며 꽃을 들고 있는 꼬마 아가씨, 물론 잘 나왔지요. 그러나 나는 순간, 결정적인 순간을 포
착하지 못했어요."

"그리고, 이 사진 역시 아실 거예요. 까르띠에브레송의 사진이지요.…… 젊은 공작 부인(따뷔랭은 이름을 잘 알아듣지 못했다)이 작은 원탁 대신 허공에 찻잔을 올려놓으려 하고 있고, 그의 젊은 남편이 그것을 보고 놀라는 바람에 황태자에게 커피를 쏟고 있지요. 따뷔랭 씨도 잘 아시는(따뷔랭은 모른다고 해도 소용이 없으리라는 것을 알았다) 그 스캔들이 일어난 후 화해를 위해 마련된 정찬 때였습니다. 그때도 그래요, 거기에 나도 있었습니다, 그런데……."

"내 사진은 이렇습니다. 마찬가지예요, 기술적으로 내 사진은 흠 잡을 데가 없어요.
그리고, 심리학적인 관점에서 본다면 내 사진은 뛰어나다고까지 해야 할 겁니다. 황태자비가,
젊고 수줍은 공작 부인과 얼마나 도도하게 대화를 나누고 있는지 잘 보이니까요. 그러나 역시,
순간을 잡지 못했습니다. 나는 이 두 경우만 예로 들었지만, 쉰 가지라도 더 얘기할 수 있어요.
내 비극은 말이죠, 따뷔랭 씨, 항상 극히 중요한 사건의 이전이나 이후밖에 못 잡는다는 겁니
다. 단 한 번의 예외가 있었다면 그것은 당신의 그 환상적인 도약을 담아 낼 수 있었던 거죠. 그
러나, 불행히도 그건 우연이었어요."

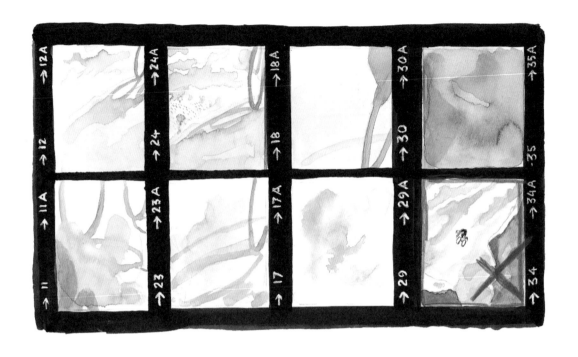

"당신이 지그재그로(말이 나왔으니 말인데, 그 묘기! 난 정말 당신이 떨어지는 줄 알았다니까요!) 내리막길을 질주할 때, 나는 당신을 단 한 컷도 잡지 못했거든요. 그리고, 당신이 내 쪽으로 돌진하다가 나를 피했을 때 당신이 어디로 굴러떨어지는지 보려고 길가로 다가갔어요. 그리곤, 너무 놀라 그만 사진기를 떨어뜨렸지요. 찰칵! 사진기가 사진을 찍었던 겁니다. 나는 아무것도 한 일이 없어요."

따뷔랭은 아무 말도 할 수 없었다. 피구뉴는 그다음 날 여행을 떠나기로 했다며, 따뷔랭에게 좀 혼자 있게 해달라고 했다. 시간이 제법 늦어, 마들렌이 걱정을 할 터였다. 날씨는 습했다. 따뷔 랭은 왼쪽 다리 때문에 고생스러웠다. 따뷔랭은 사진을 찍던 잊을 수 없는 그날, 피구뉴가 길에 물그림자가 비쳤으면 하고 바랐던 기억이 났다. 오늘 저녁 같으면 물그림자가 어리는 것을 볼 수 있었겠군! 사진사는 따뷔랭에게, 그가 '따뷔랭'을 타고 있는 모습을 찍으려 하면서 자기가 그렇게도 담아내기를 열망했던 그 결정적인 순간, 바로 그 순간을 포착할 수 있을 것 같은 예감이 들었다는 말도 했다. 어찌 보면 피구뉴의 말이 맞기는 맞았다. 화가 치밀었다. 절대로 아무에게도 입을 열지 않을 일을 하마터면 피구뉴에게 고백할 뻔했을 뿐 아니라, 박제된 동물 사진이나 찍으면 딱 맞을 무능한 놈 때문에 목숨을 잃을 뻔하지 않았던가?

그는 여전히 기분이 언짢았다. 날씨는 계속해서 습했고, 그의 다리는 그런 날씨의 여파를 고스란히 느꼈다. 사진사에게 곧바로 사실을 털어놓았더라면 아무 일도 없었을 것을, 하는 생각이 들기는 했다. 그러나 금세 다시 분노가 치밀어 올랐다. 사진집의 표지에 사인을 부탁하러 와서, 아니나 다를까 '상징……' 운운하며 황홀해 하는 어느 여학생에게 따뷔랭은 짜증스럽게 '상징 좋아하시네!'라고 면박을 주었다. 어린아이들이 속된 말 한마디를 배울 때면 자꾸 되풀이해 보듯이, 이 말은 따뷔랭이 빈정거리며 혼자 되풀이하는 입버릇이 되어 버렸다.

그리고, 자동차만 해도 그렇다. 자전거 프레임 제조업체인 루복스에서 선사한 자동차 말이다. 루복스사에서 만든 자전거 프레임은 사진 찍던 날 충격을 기막히게 잘 견뎌 내 주었다. 따뷔랭은 거절했지만 아이들과 마들렌의 실망이 어찌나 대단하던지 결국 받아들이고 말았다. 자동차는 그에게 불끈, 다시금 활력을 다시 불어넣어 주었다. 마들렌은 남편이 자랑스러웠다. 그 야단법석과 언론 매체, 사진들, 인터뷰 등등에, 마들렌은 우쭐했다. 사람이란 다 그런 법이다. 그녀가 텔레비전에 나온 후로 의사들은 그녀를 좀 더 조심스럽게 대했고 환자들은 주사를 더 이상 '주사'라고 부르지 않고 '마들렌'이라고 부르게 되었다. 아이들도 학교 선생님들 사이에서 영웅의 자식으로 통했고 덕분에 공부도 더욱 열심히 하게 되었다.

따뷔랭이 자동차를 선사받은 것은 생 세롱 주최, 그 유명한 루복스 표 프레임이 후원한 (당시엔 아직 스폰서라는 말을 쓰지 않았다) 자전거 경주가 벌어진 날이었다. 출발 신호를 한 사람은 말할 것도 없이 따뷔랭이었다. 사람들은 피구뉴가 아직도 여행 중이라 참석하지 못한 것을 아쉬워했다. 어쨌든 절대로 털어놓으면 안 돼, 피구뉴, 그래야 당신이 기쁨과 행운을 퍼뜨릴 거아냐, 따뷔랭은 이렇게 생각하고 있었다. 그는 기분이 울적했다. 축제가 끝나자 마들렌은 "당신 피구뉴가 보고 싶은 모양이군요" 하고 말했다. "그 못난 친구 이야기는 이제 그만합시다" 하고 따뷔랭이 대답하자, 마들렌은 그가 멋쩍어서 그러는 것이라고 생각했다.

영 가시지 않는 침울함을 달래려고 따뷔랭은 자전거를 탈 줄 모른다는 단순한 사실, 그리고 무엇보다도 때때로 입이 근질근질한 것을 참아 가며 그 일을 성공적으로 비밀에 부쳐 왔다는 사실이 가져온 이로운 점들을 열거해 보았다. 그러나 이 방법은 효과가 없었다.

어느 날 저녁 따뷔랭은 크랭크 장치 하나를 대충 수리하고 있었다. 그런데 두 달 동안 떠나 있던 피구뉴가 나타났다. 두 사람은 잠시 동안 아무 말 없이 있었다. 그러다 사진사가 입을 열려고 하자마자, 따뷔랭이 난데없이 불쑥 말을 시작했다. "내 말을 좀 먼저 들어 봐요! 당신이 알아야 할 일이 있어요. 나는 한 번도…… 단 한 번도…… 이 얘기를 진작 했어야 하는 건데…… 이건 비밀이오……. 날 좀 이해해 줘요……. 내가 할 줄 모르는 것이 하나 있는데……." 따뷔랭은 별안간 기분이 맑게 개어, 웃고 싶어졌다. 그는 웃었다. "내가 못 하는 것이 하나 있는데…… 이거 참, 우스운 노릇이지요! 내가 할 줄 모르는 것은……." 그의 웃음소리는 점점 더 높아졌고, 그러자 피구뉴도 함께 웃었다. 그게 무슨 말인지 알아차리기 시작했던 것이다.

자전거를 못 타는 아이

옮긴이 최영선은 1962년 서울에서 출생하여 서강대학교 불문과를 졸업하고 동 대학원을 수료하였다. 『공간』, 『가나 아트』, 『미술 세계』 등 여러 미술 잡지에 실린 미술사나 미학 관련 글들을 번역하였고, 현재는 프랑스어권과 영어권 출판물의 저작권을 중개, 또는 기획하는 업무를 하고 있다.

글 · 그림 장자크 상페 **옮긴이** 최영신 **발행인** 홍예빈 · 홍유진 **발행처** 주식회사 열린책들 **주소** 경기도 파주시 문발로 253 **전화** 031-955-4000 **팩스** 031-955-4004 **홈페이지** www.openbooks.co.kr Copyright (C) 주식회사 열린책들, 1998, 2018, *Printed in Korea.* **ISBN** 978-89-329-1910-2 03860 **발행일** 1998년 7월 25일 초판 1쇄 1998년 9월 25일 초판 3쇄 1998년 9월 20일 2판 1쇄 2002년 2월 25일 2판 12쇄 2002년 11월 10일 3판 1쇄 2009년 4월 15일 3판 17쇄 2009년 9월 30일 4판 1쇄 2017년 3월 10일 4판 10쇄 2018년 5월 10일 특별판 1쇄 2018년 5월 30일 6판 1쇄 2022년 8월 25일 6판 6쇄

이 도서의 국립중앙도서관 출판예정도서목록(CIP)은 서지정보유통지원시스템 홈페이지(http://seoji.nl.go.kr)와 국가자료공동목록시스템(http://www.nl.go.kr/kolisnet)에서 이용하실 수 있습니다.(CIP제어번호:CIP2018011620)